KB108297

별의 노래

고은별

La mélodie d'étoile

GoEunByeol

시인의 말

어느 날,
시가
내게로
왔습니다.

시를 만나서
얼마나
고귀하고
아름다운가를
알았습니다.

시는
노래가 되고
빛이 되었습니다.

고요하고
평화롭고
환희로운
.
.
.
그 오묘한
빛 속에서
나는 행복합니다.

이 시를
읊는
당신도
행복하면
좋겠습니다.

Un jour
m'est venue
la poésie

La rencontre
s'est avérée
noble et gracieuse

la poésie est devenue
chant et lumière

sereine
paisible
délectable
.
.
.
dans cette lumière
sublime
je me sens heureuse

Que vous soyez heureux
vous aussi
qui allez réciter
ce poème.

2020.5.10. 고은별(GoEunByeol)

7

별의 노래

고은별

목차

Part II 별의 마음

부록

Part I

별의 노래

별

고운 별
예쁜 별
아름다운 별
별이 총총
별이 총총
별이 총총.

나의 별
너의 별
우리들의 별
별이 반짝
별이 반짝
별이 반짝.

Étoile

Une étoile de grâce
une étoile de délices
une étoile de beauté
scintillente
scintillente
scintillentes les étoiles.

Mon étoile
ton étoile
nos étoiles
chatoyante
chatoyante
chatoyantes les étoiles.

달님은

달님은
눈이 두 개
코가 하나
입이 하나
달님은
하늘에서
노래하지요.

달님은
눈이 두 개
코가 하나
입이 하나
달님은
하늘에서
웃고 있지요.

Chère lune

Ayant

des yeux

un nez

une bouche

tu chantes haut

dans le ciel.

Ayant

des yeux

un nez

une bouche

tu souris haut

dans le ciel.

파란 하늘 하얀 구름

파란 하늘에
하얀 구름이
둥실 둥실 떠가요.
두둥실 둥실
둥실 두둥실
바람 타고 흘러가요.

초록 숲속에
나비 한 쌍이
훨훨 날아가요.
포로롱 포로롱
날갯짓 하며
폴폴 날아가요.

Ciel bleu nuages blancs

Dans le ciel bleu

flottent

des nuages blancs,

Doungsil Doungsil

DouDoungsil Doungsil*

Doungsil DouDoungsil

emportés par le vent.

Dans la forêt verte

s'envolent

libre en vol

Whŏl-Whŏl**

léger, léger

à chaque battement d'ailes.

Un couple de papillons.

---

* L'idéophone en alphabet coréen: 둥실 두둥실[Doungsil Doudoungsil], visant
    à décrire le mouvement des nuages qui se déplacent doucement
** Idem: 훨훨[Whŏl-Whŏl], proposant l'allure du papillon qui s'envole

바다의 별

별은 하늘에만
있는 것이 아니다.
높은 곳에서만
반짝이는 것이 아니다.
바다에도 별이 있다.
가장 낮은 곳에서
숨 쉬는 별.
바닷속 깊은 곳
폭풍우가 몰려오고
파도가 치솟아도
고요히 빛나는
영롱한 별
바다의 별,
.
.
.
진주.

Les étoiles dans la mer

Les étoiles ne sont pas
seulement
dans le ciel,
ni ne brillent que
dans la hauteur.
Il y a des étoiles dans la mer,
celles qui respirent
dans ce lieu
au plus profond,
étoiles chatoyantes
étoiles de la mer
étincelantes au calme,

quoique

se déchaînent les tempêtes

quoique déferlent

les vagues:

.

.

.

Les perles.

나뭇잎 소리

바람이 불어와
얼굴을 스치면
그대의 목소리가
들리는 것 같아요.
초록빛 나뭇잎
살랑이는 소리에
내 마음 설레고
환하게 빛나요.

꽃향기 날아와
마음에 스미면
그대가 멀리서
오는 것만 같아요.
초록빛 나뭇잎
살랑이는 소리에
내 마음 설레고
환하게 빛나요.

Le chant des feuilles

Lorsque le vent souffle
et vient frôler mon visage,
je crois entendre la voix
de mon bien-aimé.
Même au doux bruissement
des feuilles vertes
tréssaille mon coeur
rayonnant de lumière.

Lorsque le parfum de fleurs
vient éveiller mon flair
je crois vous apercevoir,
vous qui arrivez de loin
Au doux bruissement des feuilles
éclantantes de vert
je sens frémir mon coeur
rayonnant de lumière.

빗방울

똑 주르르
똑 주르르
우산 위에서
빗방울이
미끄럼을 타요.

Gouttes de pluie

Tok* Jourrr**

Tok Jourrr

sur le parapluie

font des glissades

les gouttes de pluie.

---

* Onomatopée du bruit d'eau qui tombe, en coréen 뚝[Tok]
** Idéophoned écrivant la forme d'eau qui coule vers le bas

팝콘

잘 말린

노랑 옥수수 알

버터에

소금 약간

레인지에 쏘옥

빙그르르

탁톡탁톡

빙그르

탁 톡 탁

팝! 팝!

꽃송이가 피어난다.

하얀 팝콘.

Popcorn

Bien séchés

les grains de maïs jaunes

au beurre

un peu de sel ajouté

doucement

dans le micro-ondes.

Bingrr*

Tak-Tok Tak-Tok**

Bingrr

Tak Tok Tak

Pop! Pop!***

Éclatent

des boutons de fleur:

popcorn blanc!

---

* L'idéophone exprimant l'image du plateau qui tourne
** L'onomatopée saisissant le bruit des grains cuits qui se mettent à sauter
*** Jeu de mot qui emprunte la sonorité d'éclatement au terme Popcorn
**** Le mimétique qui correspond à Miam-Miam en français

숨바꼭질

오늘은 시를 한 번 써 보자
맘먹고 연필 깎아 책상에 앉아 본다.
이 생각 저 생각 해도 떠오르지 않는 시.

그래도 다시 한번 해 보자
공책에 써보지만 꼭 꼭 꼭 숨바꼭질
얼굴도 머리카락도 보이지가 않누나.

언제쯤 시가 내게 다가와
웃으며 노래할까 손잡고 춤을 출까
이젠가 저젠가 하고 기다리는 내 마음.

Le cache-cache

Aujourd'hui, je vais écrire un poème.

Inflexible, je prends une plume et m'installe au bureau.

Je pense et repense, or reste insaisissable la poésie.

Essayons tout de même encore une fois

je tente d'écrire dans mon cahier.

Mais cachée complètement cachée

ni son visage ni ses cheveux ne sont perceptibles.

Quand la poésie viendra-t-elle vers moi

pour chanter en souriant

et danser main dans la main.

J'attends et attends, tôt ou tard

elle finira par apparaître.

마로니에 거리

햇볕이 따뜻한 거리로 나와서
우리 함께 손을 잡고 걸어 봐요.
시원한 바람과 정다운 새소리
우리 마음 즐겁게 노래해요.
오~ 마로니에, 오~ 마로니에
초록빛 나뭇잎 바람에 춤추고
웃음소리 멀리 멀리 퍼져 가요.

둘이서 정답게 손잡고 걸으면
새들도 즐거워서 노래하고
거리를 거니는 다정한 사람들
우릴 보고 손짓하며 웃어 줘요.
오~ 마로니에, 오~ 마로니에
초록빛 나뭇잎 바람에 춤추고
웃음소리 멀리 멀리 퍼져 가요.

'샹젤리제' 곡에 붙인 노랫말

Le boulevard aux marronniers

Allons nous retrouver

dans le boulevard ensoleillé

marcher ensemble main dans la main.

Dans la fraîcheur du vent

dans le son mélodieux des oiseaux

allons chanter d'un cœur joyeux.

Oh marronniers, oh marronniers

Regardons danser les feuilles vertes dans le vent.

Des éclats de rire se répandent au loin.

On se promène deux par deux

main dans la main livrés à l'amour,

les oiseaux chantent joyeux aussi,

sur le trottoir les passants sympas

nous font signe, en souriant.

Oh marronniers, oh marronniers

Regardons danser les feuilles vertes dans le vent.

Les éclats de rire se répandent au loin.

Part II

별의 마음

초야(初夜)

월하미인* 맑은 향기 방 안 가득 그윽하고
꽃 같은 임의 얼굴 달빛처럼 청아하고
등잔불 부지지부지지 부끄러워 떨고 있고.

---

*월하미인(月下美人): 선인장과의 여러해살이풀. 높이는 1~3미터이며6~9월 붉은 빛이 도는
흰 꽃이 밤에 피어나는데 그 향기가 그윽하고 신비롭다.

Nuit de noces

Suave,

flotte dans la chambre

le parfum de 'la Belle sous la lune*'.

Limpide,

le visage de sa bien-aimée,

belle comme une fleur.

Tremble de la timidité,

boujiji-boujiji**,

la flamme de lampe à huile.

---

* En alphabet coréen, 월하미인[Wŏlhamiin](en caractère chinois, 月下美人): l'appellation
  de la fleur d'Epiphylum oxypetalum, en Corée comme au Japon. Elle ne fleurit que la
  nuit, de juin à septembre, fleur blanche légèrement nuancée de rouge, et qui dégage
  un parfum subtil, meme mystérieux. La plante peut mesurer jusqu'à 3m de haut.
** Onomatopée suggérant le bout de la mèche imbibée d'huile, qui se consume mal

걸음마

넘어져
넘어져도
일어나 걷는 아기.
한 걸음
뒤뚱뒤뚱
걷다가
넘어져도
아기는
쌩긋 웃어요
또 일어나
걸어요.

L'apprentissage de la marche

Tombe

tombe encore

aussitôt redressé

bébé fait

son premier pas

trébuche trébuche

tombe

avec un sourire radieux

se redresse

et marche encore.

사랑하는 딸에게

어느 가을
이른 아침에
잠에서 깨어
내 품에 잠든
너를 바라보았지.
소중한 딸아,
사랑스런 딸아,
영원토록
너를 사랑해.

곤히 잠든
너의 볼에
입을 맞추고
가만히 너의 숨결을
느껴 보았지.
아름다운 딸아,
사랑하는 딸아,
영원토록
너를 사랑해.

À ma fille bien-aimée

Un jour d'automne

tôt le matin

dès mon réveil,

je te contemplais toi

endormie dans mes bras.

Ma chère enfant,

Oh, Adorable!

Je t'aime pour l'éternité.

Apposé un baiser

sur ta joue plongée dans le sommeil,

calmement

je tenais à sentir ton souffle.

Oh, ma fille!

Oh, adorable!

Je t'aime pour l'éternité.

보금자리

아기는
엄마 품에서
코~ 자요.

엄마는
아빠 품에서
코~ 자요.

포근한
엄마 품은
바다보다
깊어요.

따뜻한
아빠 품은
하늘보다
넓어요.

엄마 품은
아빠 품은
사랑의
보금자리

Le foyer

Profondément
dort le bébé
dans les bras de maman

Profondément
dort la maman
dans les bras de papa

Dans les bras de maman
douillets
le monde est plus profond
que l'océan

dans les bras de papa

chaleureux

le monde est plus vaste

que le ciel

Les bras de maman

et les bras de papa

sont assurément

le foyer de l'amour

깃발

아이야,
깃발을 들어라.
손을 높이
혼이 깃든
그 깃발을 들어라.

너는 빛이다.
너는 생명이다.
너는 희망이다.

아이야,
깃발을
높이 들어라.

아이야,
일어나거라.
움츠러든 어깨를 펴고
팔을 크게 벌려라.

너는 사랑이다.
너는 평화다.
너는 행복이다.

아이야,
일어나거라.
두 발 굳건히 당당하게
일어나 걸어라.

Le drapeau

Toi, mon enfant
lève le drapeau
haut par la main
lève le drapeau
garni de ton âme.

Toi, tu es
la lumière
et la vie
et l'espoir.

Oh, mon enfant
soulève haut
le drapeau.

Toi, mon enfant

lève-toi

et ouvre grand tes bras

tes épaules.

La tête haute vers le ciel

respire d'un souffle profond.

Tu es l'amour

et la paix

et le bonheur.

Oh, mon enfant

lève-toi

avec fermeté

dignement

tu marcheras.

하늘을 나는 자전거

아빠 등 뒤에 앉아 자전거를 탑니다.
씨잉 씽 굴러가는 두 개의 힘찬 바퀴
새처럼 비행기처럼 하늘 높이 납니다.

흰 구름 파랑새도 노래하며 납니다.
코끝에 밀려드는 햇살 같은 아빠 향기
넓은 등 꼭 껴안으면 온 세상이 내 세상.

와아아 신이 나서 두 팔을 벌립니다.
따르릉 소리 내며 건너는 구름다리
아빠랑 나랑 둘이서 별나라로 갑니다.

La bicyclette dans le ciel

Je voyage à vélo, assise derrière papa
Ssing-Ssing*, avancent à vive allure les deux roues
et flottent haut dans le ciel,
comme l'oiseau, comme l'avion.

Des nuages blancs,
deux oiseaux bleus qui chantent s'envolent eux aussi.
L'odeur de papa sur le bout de mon nez,
comme le soleil.
Le dos immense, une fois serré dans mes bras,
le monde entier est à moi.

Waaa!** Toute ravie, j'ouvre grand les bras.
Tarrrŏng-*** en activant le klaxon, on traverse la passerelle de nuages.
Et nous voilà, Papa et moi, maintenant dans la contrée des étoiles.
* L'idéophone en coréen, 씽씽[Ssing-Ssing] pour exprimer la vitesse rapide
** L'onomatopée en coréen, 와-[Waaa], équivalente à Youpi
*** Idem, 따르릉[Tarrrŏng], une autre manière de saisir la sonorité, par rapport à
Drelin-Drelin que l'on emploie en France

그리움

머나먼 이역만리
파리에 살아도
시시로 눈 감으면
귀에 밝은 목소리
이 밤도 구절초처럼
아련히 피어납니다.

Nostalgie

Chaque fois

les yeux clos

J'entends les voix

claires

fleurissantes

même cette nuit

comme les petites

marguerites.

우리 사랑

바람이 불어와도
눈비가 내려도
우리 사랑 언제나
변함없어요.
때로는 눈물 나고
가슴 아파도
서로 의지하면서
힘껏 살아가요.
웃어 봐요 노래해요
춤을 춰 봐요.
우리들의 마음엔
꿈이 있잖아요.
라라~ 라라라라~
정다운 눈빛으로
우리 손을 꼭 잡고
함께 나아가요.

'개똥벌레' 곡에 붙인 노랫말

Notre amour

Malgré le vent qui souffle

pluie et neige qui se déchaînent

constant est notre amour

et comme depuis toujours.

Parfois inondé de larmes,

le cœur affligé de douleur,

on gardera la volonté de vivre

étant assuré notre soutien mutuel.

Allons allons, souriez et chantez,

venez donc danser ensemble.

En nous il y a le rêve qui rêve

La la ~ la la la la~

Avec un regard plein de tendresse

allons donc continuer le chemin,

la main dans la main, en confidence.

해설

유자효 (시인)

시와 노래와 그림의 만남

　나는 무슨 말로 이 글을 시작할까? 소박하나 아름다운 꽃밭을 구경했다고
할까? 자연 속에서 울려오는 고운 콘서트를 감상했다고 할까?
　고은별 시집 '별의 노래'는 바로 이런 나의 느낌을 보여준다. 이 시집은 꽃
밭이자 콘서트인 것이다. 시인이 부른 노래를 우리는 이 시집에서 만날 수
있다. 그래서 나는 그에 합당한 소박하나 진솔한 언어로 답해야 하리.
　고은별 시인은 시가 리듬으로 찾아온다고 했다. 이것은 주요한 진술이다.
고 시인의 시는 그녀에게 멜로디로 떠오르는 것이다. 그녀는 이 멜로디를 기
다려 종이에 옮기는 것이 시를 쓰는 방법이다. 그녀의 모든 시가 그러하지만
'나뭇잎 소리'도 읽어보면 이 시가 그녀에게 어떻게 왔을지 잘 알 수가 있다.

바람이 불어와
얼굴을 스치면
그대의 목소리가
들리는 것 같아요.
초록빛 나뭇잎

살랑이는 소리에

내 마음 설레고

환하게 빛나요.

꽃향기 날아와

코끝을 스치면

그대가 멀리서

오는 것만 같아요.

초록빛 나뭇잎

살랑이는 소리에

내 마음 설레고

환하게 빛나요.

　3·4조의 리듬을 밟고 있는 전형적인 정형시이다. 3·4조는 한국인에게 가장 익숙한 리듬이다. 한국어의 명사는 2~3자로 끝나는 것이 많기 때문이다. 여기에 토씨를 붙이면 3~4자가 된다. 따라서 말을 배우기 시작하는 아기들에게 가르치는 동요도 3·4조가 많다.

　이 시를 읽으면 고 시인에게 노래로 왔을 것임을 단박에 알 수 있다. 이 시는 그대로 읊어도 노래인 것이며, 곡을 붙이면 누구나 따라 부르기 쉬운 아름다운 사랑 노래가 될 것이다.

　고 시인이 시를 기다리는 것은 노래를 기다리는 것이다. 노래가 와야 시가 된다. 이것은 고은별 시의 개성이다. 시 '숨바꼭질'에서 나는 그 단서를 보았다.

언제쯤 시가 내게 다가와
웃으며 노래할까 손잡고 춤을 출까

   그래서 그녀는 자기가 좋아하는 노래에 자기만의 노랫말을 붙여보기도 한
다. 유명한 샹송 '샹젤리제'와 '개똥벌레'의 리듬에 맞춰 시를 써 본다. 이런
작업은 리듬이 와야 시가 써지는 그녀 시의 비밀을 알아야 풀 수 있다. 시인
은 자신의 시에 곡을 붙였는데, 이런 작업을 계속해 주었으면 한다.
   노래가 시가 되는 그녀 시작의 특성상 시조를 만난 것은 자연스런 현상으
로 보인다. 시조는 노래(唱)였다. 고려 중기에 노래의 형태로 정착된 시조는
7~800년에 이르는 장구한 세월 동안 한국인의 희로애락을 담아온 그릇이
었다. 왕에서부터 이름 모를 촌부에 이르기까지 시조로 자신의 정서를 표현
해왔다는 점에서 한국인은 가인(歌人)들이다. 그런 유전자가 고 시인에게
자연적으로 발현된 것으로 보인다.

월하미인 맑은 향기 방 안에 그윽하고
꽃 같은 임의 얼굴 달빛처럼 청아하고
등잔불 부지지부지지 부끄러워 떨고 있고.
– '초야(初夜)' 전문

   형식상으로 볼 때 완벽한 단시조다. 첫날밤의 정경을 잘 그리고 있다. 이
시조에 나오는 '월하미인'은 선인장과의 여러해살이풀이며 높이는 1~3미터,

6~9월에 붉은빛이 도는 흰 꽃이 밤에 피어나는데 그 향기가 그윽하고 신비롭다는 주가 붙어 있다. 초야의 분위기에 선인장 '월하미인'의 등장은 적절한 채택으로 보인다.

　고은별 시인의 시집 '별의 노래'는 한국어와 프랑스어의 대역 시집이다. 이는 좋은 기획이다. 나는 한국시의 무대는 세계가 되어야 한다고 생각한다. 한국의 국력, 한국 문화의 힘으로 볼 때 문학에서도 봉준호 영화감독이 말한 1인치의 벽을 넘어야 한다. 봉 감독은 영화 자막을 1인치라고 표현했지만 문학에서의 1인치는 더욱 중요하다. 그 1인치 때문에 세계의 두터운 벽 앞에서 좌절하고 마는 한국 문인들이 얼마나 많았던가? 그래서 나는 앞으로도 고 시인이 자신의 시들을 프랑스어로 번역해 발표해주기를 바란다. 그런데 시조의 경우는 조심해야 할 것이 있다. 시조는 3434/3434/3543자의 정형시다. 그러나 종장 첫 구 3자를 제외하곤 1~2자 또는 그 이상의 가감도 가능하다. 이런 정형시의 특징을 외국어로 번역할 때도 지켜줘야 한다는 것이다. 그렇게 하지 않으면 번역했을 때 시조의 특징을 알 길이 없다. 이런 점에 유의하면서 자작 시조들을 번역해 주기를 바란다.

　이 시집의 시들은 노래로 읽어야 하지만 작품의 완성도도 잘 갖추고 있다는 미덕이 있다.

별은 하늘에만

있는 것이 아니다.

높은 곳에서만

반짝이는 것이 아니다.

바다에도 별이 있다.

가장 낮은 곳에서

숨 쉬는 별.

바닷속 깊은 곳

폭풍우가 몰려오고

파도가 치솟아도

고요히 빛나는

영롱한 별

바다의 별,

.

.

.

진주.

– '바다의 별' 전문

  별은 하늘에만 있는 것이 아니며 바다에도 있는데 '가장 낮은 곳에서/숨 쉬는 별'이 '진주'라는 발견은 얼마나 신신한가? 이런 발견들을 만나는 기쁨을 이 시집에서 누릴 수 있다. 고 시인은 한·불 대역 시집에 자신이 작곡한 악보도 붙였으니 우리는 이 책 한 권에서 시인의 세계를 오롯이 만날 수 있다. 고 시인은 자신의 세계를 권두에 밝히고 있다.

시는

노래가 되고

빛이 되었습니다

고요하고

평화롭고

환희로운

그녀에게 시는 노래이며 빛이었다. 그녀는 거기에서 무엇을 발견할까?

그 오묘한

빛 속에서

나는 행복합니다.

그리고 그녀가 시를 쓰는 이유를 다음과 같이 밝힌다.

이 시를

읊는

당신도

행복하면

좋겠습니다.

고은별 시인의 시와 함께 자신을 사랑하고, 남에게도 그 사랑을 나눠줄 수 있게 되기를··· 그래서 이 시대를 함께 사는 많은 이들이 부디 행복하기를··· .

La rencontre de la poésie avec la chanson et la peinture

Yu Ja-Hyo, poète

Comment devrais-je débuter cet écrit? Prétendre avoir découvert un champs de fleurs, sobre mais ravissant? Sinon, avoir assisté à un beau concert qui résonne dans la nature? Le recueil de poèmes de GoEunByeol, *"La mélodie d'étoile"*, se propose une telle impression, suscitée en moi. Ce recueil de poèmes est à la fois le champs de fleurs et le concert. On peut y trouver les chansons composées sur le texte de la poétesse et chantées par elle-même. Alors il nous faudra réagir par un langage naïf et honnête, digne surtout de sa qualité

Selon la poétesse, la poésie vient sous forme de rythme, non pas des images. C'est un aveu très important. Pour elle, la poésie est une forme surgissant à travers la mélodie, qu'elle attend avant la transcriprion sur le papier. Voilà sa manière d'écrire le poème. Comme tous ses autres poèmes, *"Le chant des feuilles"* nous permet de saisir le processus de sa création poétique.

Lorsque le vent souffle
et vient frôler mon visage,
je crois entendre la voix
de mon bien-aimé.
Même au doux bruissement
des feuilles vertes
tréssaille mon cœur
rayonnant de lumière.

Lorsque le parfum de fleurs
vient éveiller mon flair
je crois vous apercevoir,
vous qui arrivez de loin
Au doux bruissement des feuilles
éclantantes de vert
je sens frémir mon coeur
rayonnant de lumière.

C'est un poème à forme fixe, qui respecte la cadence à 3·4

syllabes. Le nombre de syllabes 3·4 par pied dénote un rythme très familier pour les Coréens. Dans la langue coréenne, le nom est souvent constitué de 2 ou 3 syllabes, et avec la particule s'étend à 3 ou 4 syllabes. C'est pourquoi nous avons beaucoup de chansons enfantines au rythme de 3·4 syllabes, destinées aux enfants en bas âge qui commencent à parler.

En lisant ledit poème, on comprend qu'il serait venu sous forme de chanson. La lecture du texte en tant que tel s'affirme comme un chant. Avec la composition, il deviendra une chanson d'amour facile à apprendre, pour quiconque le souhaite.

Pour la poétesse, attendre la poésie veut dire attendre la chanson. Une fois la chanson venue, se réalise la poésie. C'est une particularité de l'écriture poétique de GoEunByoel. Dans le poème *"Le cache-cache"* j'en ai saisi l'indice.

Quand la poésie viendra-t-elle vers moi pour chanter en souriant et danser main dans la main

Parfois elle remplace les paroles de ses chansons préférées par le contenu qu'elle a écrit. Ou bien, elle écrit le poème en accord avec le rythme de la fameuse chanson telle "Champs-Elysées", ou "Gaitongboelae"*. Cet aspect du processus est relatif au secret de sa poésie : une fois le rythme venu, elle se montre disposée à écrire le poème. Comme la poétesse a mis en musique ses poèmes, on souhaite qu'elle continue d'œuvrer ainsi.

Vu son écriture poétique au cours de laquelle la chanson devient la poésie, la rencontre avec Sijo, pour elle, s'avère naturelle. Sijo, poème scandé coréen, était le chant. Popularisé comme le chant au milieu de la dynastie de Koryo(918-1392), et traversant des siècles, il constitue un repertoire traditionnel qui aborde toutes les émotions du peuple coréen. Ce dernier, toutes les classes sociales confondues, y compris le roi, ayant utilisé Sijo comme le moyen d'exprimer ses sentiments, ils mériteraient tous de recevoir le titre de chanteur. Ce genre de gène aurait fait son apparition chez notre poétesse, d'une façon tout-à-fait naturelle.

---

* En coréen 개똥벌레: luciole. Sortie en 1987, interprétée par Sin Hyung-Won, cette chanson a obtenu un grand succès, grâce à ses paroles écologiques, insinuant de manière jolie le peuple exclu vivant encore l'époque instable, dont le processus démocratique était encore inquiétant et douteux.

Suave,

flotte dans la chambre

le parfum de 'la Belle sous la lune'.

Limpide,

le visage de sa bien-aimée,

belle comme une fleur.

Tremble de la timidité,

boujiji-boujiji**,

la flamme de lampe à huile.

C'est un poème à forme fixe, impeccable, qui s'offre une image admirable de la nuit de noces. D'après l'annotation, 월하미인 [Wŏlhamiin](en caractère chinois, 月下美人): est une appellation de la fleur d'Epiphylum, en Corée comme au Japon.

Elle ne fleurit que la nuit, de juin à septembre, fleur blanche légèrement nuancée de rouge, et qui dégage un parfum subtil, même mystérieux. La disposition de la fleur d'Epiphylum, Wŏlhamiin, dans l'ambiance de la nuit de noces, semble être le bon choix.

Le recueil de poèmes de GoEunByoel, *"La mélodie d'étoile"*,

se présente en bilingue(coréen-français). C'est une belle tentative.
Je pense que le champ de la poésie coréenne doit s'élargir au
niveau international. Compte tenu de la puissance nationale et
culturelle du pays, il faut que la littérature coréenne franchisse, à
son tour, les barrières de langue étrangère, en suivant l'exemple
du cinéma coréen qui a surmonté 'le mur de 1 inch': espace de
sous-titres, comme le soulignait récemment le réalisateur Bong
Joon-Ho. Nous savons combien nombreux étaient les écrivains
coréens qui ont échoué devant ce mur. Alors j'espère que
notre poétesse poursuive la publication de sa poésie traduite
en français. Or, il faut faire attention dans le cas de Sijo. Sijo est
une poème à forme fixe. Sa forme traditionnelle implique une
strophe composée de 3 vers de 4 pieds, un pied contenant 3 ou 4
vers. Sa forme de base se propose donc comme suivant :
3 4 3 4/3 4 3 4/3 5 4 3. Sauf le premier pied du 3ème vers, il est
possible d'additionner ou soustraire une ou deux syllabes. Ce
serait bien de pouvoir garder la caractéristique de cette forme traditionnelle même dans le texte traduit en langue étrangère.

Les poèmes de ce recueil doivent être lus comme le chant.
Et surtout, il est à noter que c'est une œuvre accomplie.

Les étoiles ne sont pas

Seulement dans le ciel,

ni ne brillent que

dans la hauteur.

Il y a des étoiles dans la mer,

celles qui respirent

dans ce lieu

au plus profond,

étoiles chatoyantes

étoiles de la mer

étincelantes au calme,

quoique

se déchaînent les tempêtes

quoique déferlent

les vagues:

.

.

.

Les perles.

"Les étoiles dans la mer"

Il n'y a pas que les étoiles qui sont dans le ciel, il y en a même dans la mer, "Il y a des étoiles dans la mer, celles qui respirent dans ce lieu au plus profond"- "Les perles". Quelle fraîcheur à découvrir! On pourra se réjouir de côtoyer ce genre de découverte, dans ce recueil préparé en bilingue. Y figurent également, en annexe, les partitions de musique par la poétesse. C'est un livre qui nous laisse rencontrer tous les aspects de son univers poétique.

Et voici ce que la poétesse nous confie dans le préambule:

La poésie est devenue
chant et lumière

Sereine
paisible
délectable

Pour elle, la poésie était chant et lumière. Et qu'est ce qu'elle va y trouver?

Dans cette lumière

Mystérieuse

je me sens heureuse

Et puis, elle dévoilera la raison de son écriture poétique.

Que vous soyez

heureux

vous aussi

qui allez réciter

ce poème.

Je voudrais que, dans votre vie, la poétesse GoEunByoel s'aime advantage, accompagnée de poèmes, Qu'elle puisse en partager avec les autres... en sorte que beaucoup de personnes de notre époque exultent de bonheur.

악보

제작: 임형섭

별

고은별 시, 곡

고 운 별   예 쁜 별   아 름 다 운 별

별 이 총 총   별 이 총 총   별 이 총 총

너 의 별   나 의 별   우 리 들 의 별

별 이 반 짝   별 이 반 짝   별 이 반 짝

달님은

고은별 시, 곡

달 님 은 눈 이 두 개 코 가 하 나 입 이 하 나 달 님 은 하 늘 에 서 노 래 하 지 요

달 님 은 눈 이 두 개 코 가 하 나 입 이 하 나 달 님 은 하 늘 에 서 웃 고 있 지 요

나뭇잎 소리

고은별 시, 곡

1.아 — 바람이 불어 와 — 아 — 얼굴을 스치면 — — —

아 — 그대의 목소리 — — 가 들리는 — 것같 — 아

아 — 초록빛 나뭇잎 — 들 살랑이 — 는소리 — 에 — — —

아 — 내마음 설레고 — — — 환하게 — 빛 나 — 네 —

2.아 — 바람이 불어 와 — 아 — 얼굴을 스치면 — — —

아 — 그대가 멀리서 — — — 오는것 — 만같 — 아

아 — 초록빛 나뭇잎 — 들 살랑이 — 는소리 — 에 — — —

아 — 내마음 설레고 — — — 환하게 — 빛 나 — 네 —

그리움

고은별 시, 곡

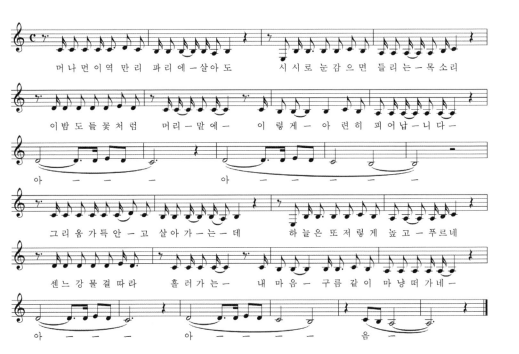

머나먼 이역 만리 파리에― 살아도   시 시로 눈 감으면 들리는― 목 소리

이 밤도 들 꽃 처럼   머리― 말에―   이렇게― 아 련히 피어 납― 니 다―

아 ― ― ―   아 ― ― ― ―

그 리움 가득 안― 고 살아 가―는― 데   하늘은 또 저렇게 높고― 푸르네

센 느 강 물 결 따라   흘러 가 는―   내 마음― 구름 같이 마 냥 떠 가 네―

아 ― ― ―   아 ― ― ― ―   음 ― ―

사랑하는 딸에게

고은별 시, 곡

어 느 가을 이른 아침에 잠 에서 깨어　내 품에 잠든 그 대를 바 라보 았지

아 름 다운 그대 ― 사 랑 스런 그대　영 원 ― 토록 너를 사 랑 해 ―

아 름 다운 그대 ― 사 랑 스런 그대　영 원 ― 토록 너를 사 랑 해 ―

곤 히 ― 잠든 그대 ― 볼에 입 을 맞 추고　가 만 히 ― 그대　숨결 을 느 껴보 았지

아 름 다운 그대 ― 사 랑 스런 그대　영 원 ― 토록 너를 사 랑 해 ―

아 름 다운 그대 ― 사 랑 스런 그대　영 원 ― 토록 너를 사 랑 해 ―

라 라 라라 라라 ― 라 라라 라 라라　라 라　라라라 라라라 라 ―

음 ― ― ― 음 ― ― ― 음 ― ― ― ―

바다의 별

고은별 시, 곡

별은 하늘에만 — 있는 것 — 이아니다 —

높 —은곳—에서만 — — 반짝이는것—이아니다 —

바다에도 — 별이있다 — 가장낮 —은곳에서 —

숨쉬는별— — 바닷속 — 깊은곳— — — 폭풍우가 —

몰려오고 — 파도가 — 치솟아도 — 고요히빛—나는 —

영롱한별— — 바다의별 — — 진 — 주

파란 하늘 초록 숲

고은별 시, 곡

파란 하늘에— 하얀 구름이 둥실둥실 떠가요

두둥실둥실 둥실 두 둥실 바람타고— 흘러가요

초록 숲 속에— 나비 한 쌍이 폴 폴— 날아가요

포로롱포로롱 날개짓하며 훨 훨— 날아가요

나는 내가 좋아요

고은별 시, 곡

저자 소개

고은별

순수하고 아름다운 마음에 행복이 깃든다고 믿는 저자는

클래식 기타, 피아노를 치며 노래 부르는 것을 좋아합니다.

날마다 백운대를 바라보며 아이 셋을 키우는 엄마로, 전업주부로 살다가

어느 따스한 봄날 4.19탑으로 딸들을 데리고 산책을 갔을 때

우연히 참가하게 된 제1회 강북구 주부 백일장에 당선되어

그때의 기쁨 가득했던 환희로운 마음으로 지금도 계속 글을 쓰고 있습니다.

막내가 초등학교 3학년이 되었을 때 사회 활동을 시작하여

인터뷰 전문기자(프리랜서), 방송기자로 일했습니다.

Harvard Extension School에서 English Romantic Poetry를 공부하고,

파리 소르본 대학에서 프랑스어를 배우고 ILPGA(Institut de Linguistique et

Phonétique Générales et Appliquées)에서 기초음성학 디플롬을 취득했습니다.

요즘은 푸른 마을에서 하늘과 나무를 바라보고 새소리를 들으면서

조용히 시를 지어 노래하고 동화를 쓰고 있습니다.

유튜브 채널 <별의 이야기>를 통해 아름다운 시와 동화를 전하고 있습니다.

<아빠와 크레파스>, <하늘을 나는 자전거>, <바다의 별>, <달님은>, <그리움> 등의 작품을 신문과 문예지에, <Papa and Crayon> 동화를 Toronto University in the Community의 Learning Curves 에 발표했습니다.

저서로는 창작동화집 <나비야 나비야>, 인터뷰 모음집 <만나고 싶은 사람>, 그림동화책 <Papillon>, <눈동자에 내려앉은 흰 구름>이 있습니다

GoEunByeol est née à Séoul.

Elle est journaliste, poétesse et écrivaine.

Elle a étudié la langue française à l'université de la Sorbonne Nouvelle Paris 3.

Elle a obtenu un diplôme à l'ILPGA(Institut de Linguistique et Phonétique Générales et Appliquées).

Elle aime chanter avec les enfants en jouant de la guitare.

Ses œuvres principales : <Nabiya Nabiya>, <Papillon>, <Les collections d'Interview>, <Nuages blancs posés sur la prunelle>, etc.

별의 노래 La mélodie d'étoile

초판 발행일 2020년 8월 15일

지은이 고은별 (GoEunByeol)
펴낸이 고희선 (HeeSun KOH)
편집 및 디자인 린(Lin KIM)
제작 이임광
마케팅 이병옥, 김정남
인쇄 보광문화사

펴낸곳 재정사 (JJBooks)
등록 2013년 8월 13일 (137-91-13144*)
주소 경기도 김포시 감정로 64, 120-902
전화 031-989-5538
팩스 031-997-5210
이메일 jaejeongsa@gmail.com

ISBN 978-89-961244-9-8 (03810)
Printed in Korea